VENTE

Des Lundi 8, et Mardi 9 Février 1904

HOTEL DROUOT, SALLE N° 7

à deux heures

Antiquités Égyptiennes

TROUVÉES A ABYDOS

M° MAURICE DELESTRE

COMMISSAIRE-PRISEUR

—o—

M. HENRI LEMAN

EXPERT

PARIS — 1904

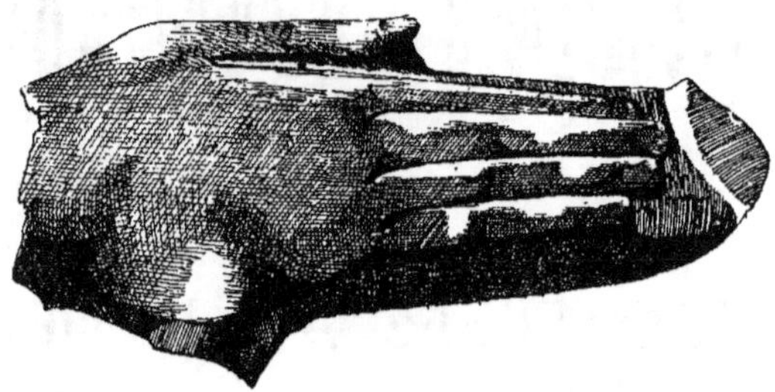

Nº 283.

ANTIQUITÉS ÉGYPTIENNES

TROUVÉES A ABYDOS

IVOIRES — BOIS SCULPTÉS — TERRES ÉMAILLÉES

AMULETTES - SCARABÉES - STATUETTES FUNÉRAIRES

OBJETS EN OR ET EN BRONZE, SILEX

TERRES CUITES ET POTERIES — SCULPTURES DIVERSES

VASES ET COUPES EN PIERRE DURE

Stèles, Tables et Fragments
avec Inscriptions Hiéroglyphiques. etc.

DONT LA VENTE AURA LIEU, A PARIS

HOTEL DROUOT, SALLE N° 7

LES LUNDI 8 ET MARDI 9 FÉVRIER 1904

à deux heures

Me MAURICE DELESTRE	**M. HENRI LEMAN**
COMMISSAIRE-PRISEUR	EXPERT
5, rue Saint-Georges	37, rue Laffitte

EXPOSITION PUBLIQUE

Le Dimanche 7 Février 1904, de 2 heures à 6 heures

CONDITIONS DE LA VENTE

Elle sera faite au comptant.

Les acquéreurs paieront *dix pour cent* en sus des prix d'adjudication.

L'Exposition mettant le public à même de se rendre compte de l'état et de la nature des objets, il ne sera admis aucune réclamation une fois l'adjudication prononcée.

L'Expert se réserve la faculté de réunir ou de diviser les lots.

Il se chargera, aux conditions habituelles (5 o/o sur la limite) des commissions qu'on voudra bien lui confier.

AVERTISSEMENT

Les objets qui sont offerts au public ont tous
une même origine : tous, ils proviennent de la
nécropole d'Abydos. Avant ces dernières années.
cette nécropole avait été fouillée pendant dix-
neuf ans par Mariette, depuis l'année 1859 jusqu'en 1878 au moins, et a beaucoup produit.
Depuis l'année 1895, elle semble avoir en quelque
sorte multiplié ses dons : une civilisation très ancienne, la plus ancienne actuellement connue,
est sortie de ses entrailles, témoignant d'une
industrie et même d'un art merveilleux, qui peut
affronter sans crainte la comparaison avec l'art
égyptien aux meilleures époques. Tous les objets
catalogués en cette petite brochure proviennent,
sans la moindre exception, de cette nécropole
d'Abydos, et sur ce point d'origine, on peut avoir
toute sécurité.

Cependant tous les objets énumérés dans ce

catalogue ne sont pas de la même époque, ni surtout de la même antiquité, et des explications sommaires sont indispensables sur ce point, afin de bien distinguer ce qu'il ne faut pas confondre.

Les fouilles d'Abydos commencées au mois de novembre 1895 ont pris fin au mois de mars 1899; mais sur ces quatre années, trois seulement furent productives, l'œuvre de la quatrième année étant restée inachevée.

L'année 1895-96, la première, fut consacrée d'abord à faire des fouilles préliminaires qui produisirent des résultats non méprisables et fournirent des objets nombreux, dont quelques-uns sont très beaux. Lorsque la première expérience des fouilles fut jugée suffisante, les travaux furent localisés en un seul point où ils se continuèrent les deux années suivantes. Cet endroit est maintenant connu sous le nom d'Om el-Ga'ab.

C'est là qu'est sortie du sable où elle était enfouie, l'histoire, encore bien fragmentaire, de l'Égypte à l'époque la plus reculée que l'on ait atteinte. La première année, ce furent soit les dynasties des Mânes antérieures à Ménès, soit la première dynastie historique; la seconde année fut entièrement consacrée à l'exploration d'un même tombeau, celui de Set et d'Horus pour ceux qui admettent la réalité de ces deux personnages, ou celui d'un roi qui se serait appelé Khasekhemoui, pour ceux qui n'en veulent pas; la troisième se passa à fouiller le tombeau d'Osiris et les tombes adjacentes qui n'avaient pas été explorées la première année.

Toutefois, les objets qui furent trouvés à Om el-Ga'ab appartiennent à toutes les époques de l'histoire égyptienne : le site d'Om el-Ga'ab en effet avait été consacré au culte d'Osiris et, en dessus du tombeau divin, on avait entassé des montagnes d'offrandes. Ces offrandes furent apportées par les fidèles de tous les temps et de toute l'Égypte : elles n'en sont pas moins authentiques et respectables, mais elles ne sauraient aucunement être rangées parmi les objets remontant à la première époque.

Pour faire toucher du doigt au public la différence entre ces objets, on a eu soin de faire suivre chaque description du catalogue de l'un des chiffres I, II et III, indiquant que cet objet a été trouvé la première, la seconde ou la troisième année. Pour indiquer les objets qui proviennent des fouilles préliminaires, au chiffre I l'on a ajouté *a*, pour indiquer de même qu'un objet avait été apporté comme offrande au tombeau d'Osiris, on a fait suivre les chiffres I et III de la lettre *b*. Tous les objets suivis du chiffre II appartiennent à la plus haute époque.

Le public, ainsi prévenu ne court pas risque de se tromper sur l'antiquité d'une pièce, et la partie la plus ancienne des objets catalogués remonte à 8.000 ans, sinon plus encore. Quant à l'authenticité, jamais collection ne se présenta avec autant de preuves en sa faveur.

Quant à la beauté, à la rareté, à l'art dont ils témoignent, ces objets n'ont besoin d'aucune description louangeuse : ils parleront d'eux-mêmes.

E. A.

DÉSIGNATION DES OBJETS[*]

I

Ivoires

1 — Importante pièce en ivoire provenant d'un décor de
meuble. La partie supérieure est unie et repose sur
une large frise ornée d'un joli bas-relief représentant un combat de quadrupèdes fantastiques. On voit,
à la partie inférieure, malheureusement incomplète,
la trace d'autres sculptures du même style.

Le travail, superbe, rappelle les plus beaux spéci-
mens des sculptures assyriennes et peut être attribué
à l'époque de la XXIIe à la XXIVᵉ dynastie (I *a*).

Haut., 19 cent. ; larg., 13 cent.

2 — Deux pièces en ivoire, provenant du même ensemble et
ornées de sculptures d'animaux et de personnages (I *a*).

3 — Lion couché, les pattes de devant allongées, la queue
ramenée sur le côté. La crinière est finement gravée,
et tous les détails anatomiques sont minutieusement
rendus. Très belle pièce, de la plus grande rareté (I).

Long., 6 cent. ; haut. 3 cent.

(*) Le chiffre (I) mis après chaque description, indique les objets
provenant de la 1ʳᵉ année de fouilles (1895-1896).
Le chiffre (II) ceux trouvés pendant la 2ᵉ année (1896-1897).
Le chiffre (III) ceux provenant des fouilles faites pendant la 3ᵉ année
(1897-1898).

4 — Pied de lit votif en ivoire. Pièce remarquable et de toute beauté, représentant la cuisse et la patte postérieures d'un animal. Les détails anatomiques bien que stylisés sont minutieusement rendus et sont exécutés avec une très grande sûreté de main et une grande habileté.

Le pied repose sur un socle ovale et assez élevé orné de fines cannelures. La partie supérieure est percée de trois trous de chevilles.

Patine jaune d'ambre. État parfait de conservation (I).

Haut , 16 cent.

5 — Pied de lit votif en ivoire, représentant la patte de devant d'un animal. Travail remarquable, de même style que la pièce précédente et venant probablement d'un même ensemble. Le pied repose également sur une base ovale ornée de cannelures (I).

Haut., 135 millim.

6 — Pied de lit en ivoire, représentant la cuisse et la patte postérieures d'un animal. Le travail est superbe et de même style que les pièces précédentes. Deux trous de chevilles sont percés sur les côtés à la partie supérieure, et une mortaise destinée à recevoir la traverse du lit est ménagée sur le haut de la pièce. Le pied repose également sur un socle ovale et cannelé, mais moins élevé. Patine jaune foncé (I).

Haut , 115 millim.

7 — Pied de lit votif, en ivoire, représentant la patte antérieure d'un animal. On voit au milieu de la hauteur une ligne ondulée, montrant que si l'artiste a copié la nature, il a fait aussi la part de l'imagination. Le haut est percé de deux trous pour les chevilles, et la base repose sur un socle cannelé (I).

Haut., 10 cent.

8 — Deux pieds de lit en ivoire, façonnés en patte d'animal, mais d'un travail plus rudimentaire que les pièces précédentes. Ces deux objets appartenaient probablement au même lit, car ils sont de même hauteur (I).

Haut., 8 cent.

9 — Tête de félin en ivoire brûlé. Pièce archaïque très belle. Fragment de boite ou de vase (I).

Long., 46 millim.

10 — Deux bras votifs en ivoire. Les mains finement sculptées sont représentées les doigts étendus et joints. Un bracelet à huit enroulements orne le poignet. Des trous de suspension sont percés à la partie supérieure. Ce sont des ex-voto. Pièces rares (I a).

Long., 206 millim.

11 — Manche de cuiller en ivoire représentant une tête de Hathor entre deux uræus coiffées, celle de droite de la couronne blanche, celle de gauche de la couronne rouge. Pièce fort délicatement traitée (I a).

Haut., 66 millim.

12 — Petite poupée en ivoire, ayant perdu la figure et le bas des jambes. Restes d'une pièce très rare. On avait représenté une femme nue, n'ayant pour vêtement qu'une ceinture très étroite ; la chevelure était particulièrement soignée (I a).

Haut., 8 cent.

13 — Plateau rectangulaire en ivoire. La partie extérieure a reçu quelques ornements, et à l'avant on voit les restes d'une anse tubulaire retenue par des liens et dans laquelle on passait la cordelette servant à le suspendre (I a).

Long., 17 cent.

14 — Tube en ivoire ayant servi de récipient à collyre, en forme de colonne surmontée d'un chapiteau lotiforme (I *a*).

Haut., 95 millim.

15 — Petite amphore à base pointue de forme très élancée. Col droit muni d'un rebord (I *a*).

Ivoire. Incomplète. Haut., 13 cent.

16 — Pied de lit votif en ivoire, rond, percé de mortaises et de rainures pour passer les ligatures (I *a*).

Long., 15 cent.

17 — Un pied de lit en ivoire massif, de forme cylindrique, avec les entailles et les mortaises nécessaires pour soutenir les traverses (I *a*).

Haut., 24 cent.

18 — Deux petits récipients en ivoire et un bouton de fermeture. Des deux premiers objets, l'un est de forme unie : le second a la forme d'une crucifère avec calice et pétales. Le calice est percé d'un trou traversé par une cheville (I *a*).

Haut., 2 cent.; 22 millim.; long. du bouton, 35 millim.

19 — Tube à collyre, taillé en forme de colonne à huit pans, surmontée de l'abaque (I *a*).

Haut., 15 cent.

20 — Deux tubes à collyre, en ivoire, de forme cylindrique (I *a*).

21 — Deux tubes à collyre, analogues aux précédents (I *a*).

22 — Tube en ivoire, imitant la forme et les particularités d'un roseau ou d'un bambou. Il avait été rempli d'une matière colorante tirant sur le violet et qui a déteint (I) (*incomplet*). — Fragment de vase cylindrique en

ivoire ayant contenu une matière analogue à celle du
précédent. Le fragment est décoré d'une cordelette
formant une ligne ondulée au dessous du col (I *a*).

Haut. du 1ᵉʳ 11 cent. ; du 2ᵉ 9 cent.

23 — Tablette en ivoire gravé. Elle se composait de deux
parties : dans la première qui est intacte, on voit un
personnage qui semble burlesque, vêtu d'une robe qui
lui descend à mi-jambes, avec une longue barbe postiche, une coiffure inconnue ; il se tient courbé,
s'appuyant sur un objet qui n'a pu encore être déter-
miné. De la seconde partie, on ne voit plus que la
coiffure du personnage qui était représenté. Pièce de
la plus insigne rareté (I).

Haut., 51 millim.

24 — Tablette en ivoire portant le nom de double Aha,
nom qui a été donné comme celui de Ménès, le premier roi de la première dynastie égyptienne. Ce nom
est surmonté de l'épervier et suivi de deux autres
signes hiéroglyphiques. Pièce très rare (I).

Haut., 46 millim.

25 — Tablette en ivoire gravé, représentant un groupe de
deux personnages : deux hommes sont face à face, à
gauche un Égyptien, à droite un étranger. Pièce de la
plus haute antiquité et de la plus grande rareté (I).

Haut., 36 millim.

26 — Vase cylindrique en ivoire, ayant une inscription où
sont trois oiseaux (?) qui boivent à un bassin ; dessous
sont les trois haches ⌐⌐⌐ signifiant les *dieux*. Pièce
unique (I).

Haut., 63 millim.

27 — Petite tablette en ivoire, ornée d'un dessin gravé (I).

Haut., 31 millim.

28 — Une tablette en ivoire portant les signes 𓏴 𓂝 (I).

Haut., 6 cent.

29 — Un fragment de vase cylindrique en ivoire, avec rebord et cordelette. Inscription de deux signes hiéroglyphiques 𓂋 𓅱 (I).

30 — Fragments divers en ivoire, dont un fragment de coupe oblongue ayant sur son bord un ornement très finement sculpté, représentant une grecque (I *a*).

31 — Bracelet en ivoire, intact. Pièce très rare (I).

Larg., 3 cent. ; diam., 65 millim.

Fragment de bracelet (I).

32 — Lot de 21 morceaux d'ivoire, avec dessins géométriques gravés, puis enduits d'une substance noire. Deux fragments d'ivoire avec des ornements en forme de grecque. Cinq fragments avec des rayures superposées. Ces fragments recouvraient des meubles et l'on voit encore à l'un d'eux les petites chevilles qui les maintenaient (I).

33 — Lot de 25 fragments d'ivoire de toutes formes et de toutes dimensions, plus deux fragments d'objets en os (I).

34 — Lot de pointes de flèches en ivoire, en forme de baguettes cylindriques, effilées à chaque extrémité (I).

(Ce lot sera divisé.)

II

Bois

35 — Statuette en bois renfermée dans son sarcophage anthropoïde. La figure est traitée avec la plus grande finesse, la tête est coiffée d'une perruque tressée, imitée avec un art très grand ; le masque, les oreilles, le cou et les colliers sont recouverts d'une feuille d'or. Au menton est une barbe postiche. Les orbites des yeux sont vides, les pierres qui y étaient incrustées ayant disparu ; les bras sont repliés sur la poitrine. En dessous, deux lignes verticales de jolis hiéroglyphes gravés et rehaussés de bleu. La statuette est au nom du premier prophète d'Osiris, Meri. XVIIIe dynastie environ (I *b*).

Haut., 20 cent.

36 — Buste de femme en bois d'ébène. Trouvé dans le tombeau du roi Serpent. C'est le reste de la statuette la plus ancienne connue. La facture est admirable : les traits de la figure sont rendus avec une vérité frappante ; la chevelure est divisée en petites tresses qui retombent sur le dos. C'est le portrait frappant d'une femme de race nubienne. Pièce unique (I).

Haut., 35 millim.

37 — Fragment de bois provenant d'un coffret. La bordure finement sculptée simule la vannerie et contient sur l'une de ses faces un nom de double royal. Le revers de la planchette est décoré d'une marqueterie de bois et de plaquettes de verre émaillé de couleurs différentes. Pièce unique et de la plus grande importance, à cause de son ancienneté (I).

Long., 27 cent. ; larg. 5 cent.

38 — Deux côtés d'une boîte en bois, ornée sur l'une des faces d'une jolie marqueterie d'ivoire formant damier. Pièce rare (I *a*).

> Haut., 8 cent. ; larg., 7 cent.

39 — Masque funéraire d'une grande finesse ; les yeux évidés étaient émaillés (I *a*).

> Haut., 14 cent.

40 — Masque funéraire ; les yeux largement ouverts sont peints (I *a*).

> Haut., 15 cent.

41 — Dieu Bès debout, la face grimaçante, les mains posées sur ses cuisses (I *a*).

> Haut., 9 cent.

42 — Deux statuettes d'applique en bois, représentant le dieu Bès debout, la tête ornée de sa coiffure hiéroglyphique, les mains appuyées sur les cuisses (I *a*).

> Haut., 9 cent.

43 — Joli petit chevet en bois, composé de deux pièces assemblées par une cheville. C'est en réalité l'hiéroglyphe ⊠ (I *b*).

> Long. du piédestal : 6 cent. ; haut., 35 millim.

44 — Deux baguettes à bout renflé, pour étendre le kohol. Bois (I *a*).

> Long. : 1ʳ 20 cent. ; 2ᵉ 15 cent.

45 — Sept pièces diverses, ornées d'inscriptions hiéroglyphiques, d'incrustations et de gravures (I *a*).

46 — Pieds de meubles en bois tourné, en forme de balustres ; et traverses de sièges ou de lit (I *a*).

III

Terres émaillées

AMULETTES ET SCARABÉES

47 — Table à jeu de forme ronde en terre émaillée bleu turquoise, divisée en cases rectangulaires disposées alternativement en relief et à plat et allant en diminuant de surface suivant qu'elles se rapprochent du centre. — Les cases se succèdent en forme de spirale suivant la disposition du jeu de l'oie. Pièce très rare. *Restaurée* (III).

Diam., 20 cent.; épaisesur, 25 millim.

48 — Table à jeu analogue à la précédente comme dispositions générales. Les cases sont de dimensions plus petites. Terre émaillée bleu turquoise (III).

Diam., 195 millim.; épais., 3 cent.

49 — Table à jeu analogue aux précédentes. — Très belle pièce (III).

Diam., 20 cent.; épais., 3 cent.

50 — Petites boules en grès émaillé, les unes jaspées, les autres unies. — Ce sont peut-être des billes qui servaient à jouer sur les tables précédentes (III).

51 — Une pièce de jeu d'échecs, en grès émaillé d'une jolie couleur bleue. — Pièce unique et de la forme archaïque suivante ⌂ (III).

Haut., 8 cent.

52 — Pièce de jeu d'échec en grès émaillé bleu (III).

Haut., 57 millim.

53 — Pièces de jeu en pierre dure et en terre émaillée (I a).

54 — Coupelle en terre émaillée bleue. A l'intérieur est
représentée peinte à l'encre une perche nageant entre

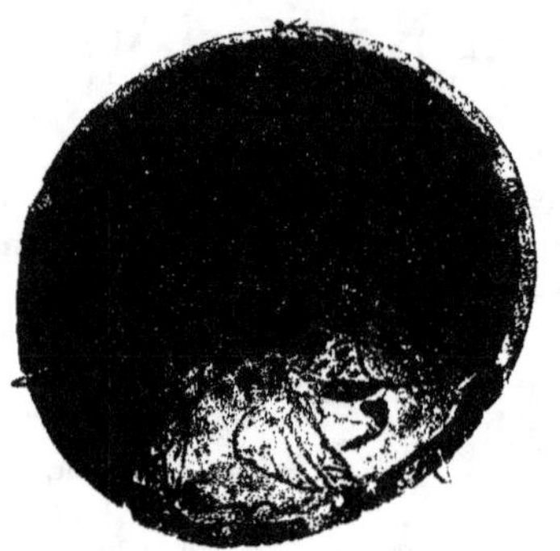

des fleurs de lotus; à l'extérieur se trouvent d'autres
dessins d'ornement rayonnant autour d'un centre noir.
C'est du jaspage (I a).

Diam., 19 cent.

55 — Pectoral en grès émaillé, orné d'un cœur placé au
milieu. A la partie supérieure sont deux lignes d'ornement, puis en dessous deux 🪬, dont les diverses parties, tant du haut que du bas, ont reçu des émaux de
couleurs différentes qui y ont été incrustés. Entre ces
deux signes sont les deux bras ⊔ séparés par une touffe
de fleurs de lotus. Entre les deux bras est l'ouverture
pour placer le cœur ou un scarabée; ici le cœur se
trouve, bien que vraisemblablement il n'ait pas été fait
pour occuper la place; mais il a bien été trouvé ainsi
placé (I a).

Haut , 115 millim.

56 — Une coupe sur pied, en grès émaillé, décorée d'ornements tracés à l'encre. Jolie pièce (I *a*).

Haut., 28 cent.

57 — Coupe en terre émaillée, modelée en forme de fleur
de lotus. Jolie couleur vert d'eau. *Incomplète* (I *a*).

Haut., 115 millim.

58 — Un vase à libation, en grès émaillé. Au dessus de la
panse, le rebord et le col sont teintés en noir, par
suite du jaspage que l'ouvrier avait fait subir à cette
partie du vase, au moyen d'un oxyde métallique.
Pièce unique (III).

Haut., 165 millim.

59 — Ex-voto en terre émaillée rouge, représentant les
parties diverses du corps humain. Pièces rares. Les
pieds et les mains sont d'un modelé particulièrement
remarquable. Environ 20 pièces (I *a*).

60 — Importante collection d'amulettes en terre émaillée de
formes et de couleurs variées : oudjas, scarabées ai-
lés, génies funéraires, pectoraux, etc., etc. (I *a*).

(Ce lot sera divisé.)

61 — Bagues en terre émaillée, bleue et verte ; l'anneau
uni, orné d'un chaton plat, avec inscriptions hiéroglyphiques ; quelques-unes d'entre elles portent un *oudja*.
Environ vingt pièces (I *a*).

(Ce lot sera divisé.)

62 — Lot d'amulettes en pierres dures diverses, cornaline,
calcédoine, onyx, etc., et quelques amulettes et scarabées en terre émaillée (I *a*).

(Ce lot sera divisé.)

63 — Deux cœurs en brèche, avec un trou percé dans la partie supérieure pour les porter suspendus. Sur l'un d'eux on voit l'oiseau Bennou sur un support qui occupe le milieu (I *a*).

Haut., 52 millim.

64 — Grenouille en diorite : l'arrière seulement est intact ; la partie antérieure a été brisée et séparée par un coup violent et n'a pu être retrouvée. Cet objet provient de la tombe du roi Serpent (I).

Long., 27 millim.

65 — Lot d'anneaux et de perles de formes variées, en cornaline et matières dures diverses (I *a*).

66 — Fort lot de perles d'enfilage en terre émaillée, bleue, verte et rouge (I *a*).

67 — Quatre bagues en ivoire, et une bague en bronze (I *a*).

68 — Lot de petits scarabées en terre émaillée, bleue ou verte. La plupart sont ornés d'inscriptions ou de sujets à personnages gravés en creux. Environ 35 pièces (I *a* et I *b*).

(Ce lot sera divisé.)

69 — Petite coupe en grès émaillé d'un joli bleu, avec jaspage extérieur et intérieur au moyen d'un oxyde métallique. Le col est en retrait de la panse et produit un bel effet d'élégance. Le jaspage diffère de celui des autres numéros en ce que l'émailleur a essayé de lui donner une certaine forme artistique. Pièce unique et de la plus grande importance pour l'histoire de l'industrie humaine (III).

Diam., à l'ouverture, 75 millim.

70 — Soucoupe en grès émaillé d'une jolie couleur (III).

Diam., 133 millim.

71 — Soucoupe semblable, mais un peu plus grande (III).

Diam., 143 millim.

72 — Soucoupe en grès émaillé, analogue aux deux numéros précédents (III).

Ces trois soucoupes sont uniques pour l'époque à laquelle elles appartiennent.

Haut. 134 millim.

73 — Deux petites plaquettes en terre émaillée bleu turquoise en forme de trapèze et ornée de fines cannelures moulées. — Usage indéterminé. Pièces uniques (II).

Long., 46 millim.; haut., 13 millim.

74 — Petit oiseau, les ailes éployées (II).

Haut., 55 millim.

75 — Petit vase votif en terre émaillée bleu turquoise, en forme de cratère (I *b*).

Haut., 45 millim.

76 — Deux vases votifs en terre émaillée d'un bleu très tendre, tirant sur le vert. Forme cylindrique légèrement évasée (I *b*).

Haut., 33 millim. et 35 millim.

77 — Vase votif en terre émaillée bleu tendre. Le couvercle a la forme de la partie supérieure de l'hiéroglyphe 𓋹 tel qu'on le faisait dans les hiéroglyphes de la plus haute époque. Émaillé à l'extérieur et à l'intérieur (I *b*).

Haut., 102 millim.

78 — Vase en terre émaillée d'un bleu vif, avec couvercle. Émaillé en dedans et au dehors (I *b*).

Haut., 51 millim.

79 — Pectoral en terre émaillée avec trous de suspension. Sous la corniche, une ligne d'ornements. En dessous, le chacal allongé sur son support et portant le fouet : la légende dit que c'est *Anubis, seigneur de la Terre Sainte.* A la partie postérieure, il y a deux boucles qui encadraient une ligne d'inscription hiéroglyphique malheureusement illisible (I *a*).

Haut., 73 millim.

80 — Bouchon en émail incrusté et simulant un pétale de fleur. Belle pièce, de diverses couleurs (I *a*).

Haut., 5 cent.

81 — Fragments de tables de jeu, deux sceptres en grès émaillé et rondelle complète, également en terre émaillée (II).

Diam. de la rondelle, 76 millim.
Haut. des sceptres : 1er, 103 millim.
2e, 16 cent.

82 — Deux fragments en grès émaillé, l'un de vase à libation, l'autre de vase globulaire. Jolie couleur bleue (III).

83 — Un fort lot d'objets en grès émaillé, sceptres avec ou sans taches de jaspages, fragments de bracelets, de petits objets dont la représentation et la destination sont inconnnes, etc. (II).

84 — Fort lot de statuettes funéraires *Ouschabti*, en terre émaillée (I *a*).

IV

Verres

BIJOUX D'OR — OBJETS DIVERS

85 — Amphorisque en verre antique à deux anses. Pâte bleue opaque à décor de chevrons jaunes et verts (I *a*).

Haut., 10 cent.

86 — Bol très creux en verre incolore très épais (brisé et recollé) (I *a*).

Diam., 13 cent.

87 — Lot de fragments de verre de formes et de couleurs variées (I *a*).

88 — Une jolie tête de femme vue de profil, en pâte de verre d'un beau bleu turquoise et d'un travail très fin (1 *a*).

Haut., 23 millim.

89 — Un lot de perles en verre, jaunes, bleues, noires, avec deux grosses perles cylindriques, dont l'une est rhomboïdale, alternativement noire et jaune, avec trois gros yeux blancs à grosse pupille noire au milieu de la raie centrale ; la seconde a simplement 14 rayures alternativement gris-vert et noires. Ces perles sont contenues dans une coupe en onyx rubané. Important pour l'histoire de l'émail et du verre, car elles proviennent d'El-'Amrah et remontent aux temps les plus anciens. (I).

90 — Briche, ou long bâton, en or soutenant à chaque extrémité deux couffes, et au milieu une houe de bois
et une hachette de métal, le tout en or. C'est l'expli-
cation par les objets de la formule du VI° chapitre du
Livre des Morts relatant les travaux qu'on demandait
aux défunts d'accomplir dans les pays d'Outre-Tombe.
Pièce unique (I *b*).

Haut , 94 millim.

91 — *Oudja* (œil symbolique) en lapis-lazuli serti dans sa
monture d'or antique (I *a*).

Larg., 10,7 millim.

95 — Deux boucles d'oreilles en or antique (I *a*).

93 — Six fragments de bracelets dont un en ivoire ; deux en
cristal de roche ; un quatrième en pierre dure ; enfin
deux autres qui ont à leur extrémité des attaches mé-
talliques (II).

Longueurs : 1ᵉʳ 65 millim. ; 2ᵉ 5 cent. ; 3ᵉ 49 millim. ;
4ᵉ 41 millim. ; 5ᵉ 39 millim. ; 6ᵉ 42 millim.

94 — Cinq noix de palmier doum offertes aux occupants
du grand tombeau fouillé la deuxième année (II).

V

Bronzes et Cuivres

95 — Grand récipient en cuivre ayant la forme d'un chau-
dron. Le bord est renforcé par une bande de même
métal fixée au moyen de rivets.

Larg., 60 cent.

96 — Urne ovoïde en cuivre. La ligne de ce vase est belle
et se développe régulièrement, elle décèle un ouvrier
déjà très habile. Au dessus de la panse est un col à
revers qui a dû être martelé ; le martelage ne fut sans
doute pas parfait, car on fut obligé de cacher sous une
lame de cuivre, descendant sur le vase et maintenue
par une cheville, les défauts que l'on ne voulait pas
apparents. Pièce d'une conservation admirable et très
importante pour l'histoire de l'industrie humaine (III).

Haut., 245 millim. ; diam. de l'ouverture 77 millim.

97 — Vase en cuivre rouge, de forme analogue au précédent ; anse mobile façonnée en torsade ; la panse est
encore en partie recouverte de la toile dans laquelle
ce vase avait été enveloppé (II).

Haut., 25 cent.

98 — Vase en cuivre en forme de gobelet très évasé. Deux
pièces existent seulement de cette forme : l'autre est
au Musée du Caire (III).

Haut., 11 cent. ; diam. 23 cent.

99 — Vase de cuivre en forme de calotte hémisphérique
(III).

Diam., 294 millim. ; épais. du métal, 1,5 millim.

100 — Trois pommeaux de canne en cuivre. L'un d'eux a encore conservé le bois qu'il recouvrait. Ils sont de dimensions variées et ont été martelés (I).

Diam. : 1° 7 cent.; 2° 77 millim ; 3° 81 millim.

101 — Deux petites pinces en cuivre (I *b*).

102 — Une gargoulette votive en cuivre posée sur son support (I *b*).

103 — Deux très petits vases cylindriques; le goulot est légèrement rétréci et surmonté d'une anse mobile (I *b*).

Haut., 6 cent.

104 — Petit vase en cuivre, en forme de figue (I *b*).

Haut., 34 millim. ; diam. du col, 14 millim.

105 — Très petite coupe en cuivre rouge de forme circuculaire; le fond est muni d'un ombilic. L'anse plate est rabattue vers le dessous de la pièce (I *b*).

Diam., 7 cent.

106 — Un petit miroir en cuivre rouge (I *b*).

Haut., 6 cent.

107 — Une briche en cuivre supportant à chaque extrémité une couffe et au milieu une houe et une hachette, le tout en cuivre (I *b*).

108 — Une briche en cuivre, qui devait supporter les mêmes objets que la précédente, mais il ne reste plus que la houe et l'une des couffes (I *b*).

109 — Une briche en cuivre rouge, qui devait supporter les mêmes objets que les numéros précédents; deux houes et une hachette également en cuivre. Objets dépareillés (I *b*).

110 — Quatre bracelets en cuivre dont deux ne consistent qu'en un fil. Le plus petit s'enroule sur lui-même à l'extrémité et avait deux millimètres de largeur ; le second avait un millimètre et demi, sauf à la partie finale où une cheville maintenait les deux extrémités ; le troisième était formé d'un fil tordu et retordu sur lui-même à la fin pour maintenir les deux bouts ; le quatrième en forme de cercle a été fondu. Objets importants pour l'histoire de l'industrie humaine (I *b*).

111 — Six haches plates en cuivre, à large tranchant demi-circulaire, et munies d'un trou d'attache placé au milieu (II).

(Ce lot sera divisé.)

112 — Très belle pointe de flèche en cuivre, avec deux longues barbes (I *a*).

113 — Sept petits fers de lance votifs de diverses dimensions en forme de feuille plate et élancée (I *a*).

114 — Pointe de flèche en cuivre rouge, de forme effilée et barbelée (I *a*).

Long., 51 millim.

115 — Un ciseau en cuivre, large et fort (I *b*).

Long., 176 millim.

116 — Divers objets votifs en cuivre rouge, dont trois armes et trois spatules, l'une droite, les autres en forme de gouge (I *a*).

Long. : 1° 5 cent.; 2° 12 cent.; 3° 18 cent.;
4° 79 millim.; 5° 57 millim.; 6° 54 millim.

117 — Cinq objets en cuivre, dont deux pointes de flèche, un harpon et deux outils (I *a*).

118 — Trois rasoirs votifs en cuivre rouge ; le plus petit a un manche en matière végétale ; le moyen a un manche en métal formant ciseaux ; le troisième n'a pas de manche. Ce dernier est encore recouvert de la toile dans laquelle on l'avait enveloppé (I *b*).

Long., 7 cent.; 14 cent. et 138 millim.

119 — Une cuirasse en cuivre. Cette cuirasse était à écailles, c'est-à-dire en lamelles de cuivre à extrémité arrondie, superposées les unes aux autres sur une peau d'animal lanigère, maintenues par une série de petites lamelles oblongues percées de trous et adhérentes grâce à un système d'aiguilles ou d'épingles. Les écailles, les lamelles et les épingles (?) font partie du lot. Sous les aisselles, les écailles avaient été repliées. La cuirasse, au moment où elle a été trouvée se composait de 1.220 objets, dont un tout petit nombre est resté au Musée de Gizeh. Elle pourra sans doute être reconstituée. Pièce unique (II).

120 — Thot sous sa forme d'oiseau, debout sur un socle et le bec reposant sur la plume symbole de la vérité. Sur le cou de l'oiseau est un trou permettant de porter cette amulette suspendue. Bronze (I *a*). — Une grenouille également en métal (I *a*).

121 — Un ornement en bronze, qui devait être celui de la couronne rouge [hiéroglyphe] (I).

122 — Extrémité inférieure d'un bâton de main ayant la forme [hiéroglyphe]. Entre les branches du crochet il y a une croix ansée ☥ et un bassin [hiéroglyphe]. On voit encore l'usure des branches et la terre est encore dans la partie creuse. Bel objet. Cuivre (I *a*).

Haut., 135 millim.

POINTES DE FLÈCHES ET COUTEAUX EN SILEX

123 — Lot de 60 pointes de flèches votives, barbelées, en silex. Ces pointes de flèches sont ce que l'on connaît jusqu'ici de plus beau en cette matière. Pièces d'un grand intérêt (I).

(Ce lot sera divisé.)

124 — Lot de 60 pointes de flèches en silex, de même nature et de même provenance que celles du numéro précédent, car toutes ont été trouvées dans le même tombeau (I).

(Ce lot sera divisé.)

125 — Lot de beaux couteaux en silex (II).

VI

Terres cuites et poteries

126 — Urne en poterie rouge de forme sphérique, avec inscription et représentation d'Osiris, maître du Rosta. Offerte au nom d'un grand prêtre d'Osiris nommé... et de son fils, scribe des soldats, nommé Ouonnofer, qui était aussi un *divin* d'Osiris. Le dieu, sur un escabeau, est coiffé de la couronne blanche et tient la croix ansée sur ses genoux (III).

Haut., 34 cent.

127 — Urne en poterie rouge de forme sphérique, représentant un prêtre, un *divin* d'Osiris en adoration devant son dieu. Intacte et remontant à la XIXe dynastie (III).

Haut., 31 cent.

128 — Petite amphore, ornée d'une inscription circulaire relatant le nom et les titres de l'oblateur. C'était un grand prêtre d'Osiris, fils de ... grand prêtre d'Osiris, Iouïou. Le premier avait pour titres : *Celui qui remplit le cœur du maître des deux pays, qui remplit ses oreilles de toutes choses vraies, etc.* Terre cuite (III).

Haut., 39 cent.

129 — Coupe en pierre schisteuse ardoisière, en forme de large feuille d'arbre, dont les nervures sont soigneusement indiquées à l'extérieur. Restaurée mais presque complète (II).

130 — Écuelle en pierre schisteuse ardoisière (II).

Haut., 65 millim.; diam., 20 cent.

131 — Vase rouge, blanchi et décoré d'un dessin à l'encre
représentant un animal (I).

Haut., 22 cent.

132 — Urne en terre rouge, blanchie et ayant un cordon
reliant les deux oreilles cylindriques. Pièce unique et
importante. Cette poterie est à peu près intacte (I).

Haut., 28 cent.

133 — Vase en terre rouge à panse renflée, à deux anses
et à large ouverture. D'une anse à l'autre et tombant
sur la panse, on voit une série d'ornements qui semblent affecter la forme d'un serpent enserrant le vase
de chaque côté. Malheureusement la poterie est brisée,
mais les ornements ont été respectés en grande partie.
Pièce unique et d'une importance capitale pour l'histoire de la décoration céramique (I).

Haut. actuelle : 23 cent.

134 — Vase en terre rouge assez grossière. Sur le devant de
la panse a été découpée la figure d'un petit âne (I).

Haut.,

135 — Vase en terre rouge, ayant reçu un blanchissage à
la chaux, orné d'un cordon strié en dessous du col.
Cette poterie est remarquable parce qu'elle a reçu
l'ornement d'un palmier tracé à l'encre sur le milieu
de la panse (I).

Haut , 23 cent.

136 — Vase en terre rouge, blanchie et montrant une
autruche tracée à l'encre sur le milieu de la panse.
Même forme que le précédent (I).

Haut., 22 cent.

137 — Trois petites ampoules en terre cuite, brune, en
forme de fruit, percées d'un trou et destinées vraisemblablement à contenir des parfums (I).

138 — Grand moule en terre cuite servant à faire des statuettes d'Osiris, debout et momifié, coiffé de la couronne blanche, et en usage pour les fêtes osiriennes (I *b*).

Haut., 71 cent.

139 — Un chacal en terre cuite peinte de couleur brun grisâtre, avec ruban jaune autour du cou. Les yeux sont également indiqués par du jaune (I *a*).

Long., 15 cent.

140 — Lot de bouchons en grès, en argile, etc., avec le nom des occupants ou de l'occupant de la grande tombe fouillée la seconde année, ou les noms d'autres oblateurs. Légendes diverses dont certaines inédites (II).

(Ce lot sera divisé.)

141 — Lot de dix bouchons coniques, en terre et en fibres de palmier, ayant reçu l'estampille au nom de rois. Pièces de la plus grande importance, comprenant des inscriptions diverses (I).

142 — Lot de sept bouchons ou fragments de bouchons en forme de calotte sphérique, à l'estampille du pharaon *Perabsen*, avec légendes diverses (III).

143 — Lot de huit bouchons coniques avec l'estampille de *Perabsen* et légendes diverses (III).

144 — Lot de huit bouchons de terre à l'estampille de *Perabsen* avec des légendes diverses (III).

145 — Lot de onze bouchons ou fragments de bouchons coniques, à l'estampille de *Perabsen* avec légendes diverses (III).

146 — Lot de bouchons ou fragments de bouchons en grès, en argile, etc., portant des inscriptions destinées à rappeler que les offrandes avaient été faites au nom de *Perabsen* par des officiers ou même par un pharaon dont le nom de *double est Sekhem ab* (III).

147 — Lot de bouchons en grès, en argile, etc. (III).

148 — Dix bouchons de la même importance que les précédents (I).

149 — Lot de bouchons comme les précédents (II).

150 — Fragments de bouchons coniques avec séries d'anses et inscriptions diverses. L'un d'eux réprésente une chasse (I).

VII

Pierres dures et pierres calcaires

VASES ET COUPES

151 — Très petit vase de forme sphérique en marbre blanc veiné, à large ouverture et à rebord plat. Il est muni de deux oreillettes tubulaires plaquées d'une garniture ajourée en or antique et formant des croisillons. Deux fils d'or recourbés en crochets passent dans cette petite anse et servaient à suspendre le vase. Pièce superbe et de la plus grande rareté (I*b*).

Haut., 41 millim.

152 — Très petit vase en marbre blanc veiné, de forme ovoïde, à large ouverture garnie d'un rebord plat. Il est muni de deux oreillettes tubulaires, ornées d'une plaque ajourée en or antique. Une anse est formée par des fils d'or roulés en torsades, passant dans les oreillettes et se réunissant au dessus de l'orifice. Superbe pièce de la plus grande rareté (I *b*).

Haut., 55 millim.

153 — Coupe creuse à bords très évasés en feldspath mélangé de cristaux d'amphibole reposant sur un fond très étroit. Cette pièce est unique en raison de la matière dont elle est faite ; elle acquiert plus d'importance encore de la présence d'une inscription gravée à l'extérieur, d'une main très ferme et très habile. L'inscription est au nom du *grand voyant, le kherheb en chef des deux Dieux* ; le nom n'a pu être lu (II).

Haut., 148 millim. ; grand diam., 18 cent.

154 — Vase en forme de balustre en marbre blanc tacheté et veiné de couleurs. La forme est d'une rare élégance, le col un peu rétréci est surmonté d'un bourrelet formant quart de rond. Superbe pièce (II).

Haut., 20 cent.

155 — Vase en forme de canope, mais plus svelte, en beau marbre blanc veiné de bleu, muni d'anses cylindriques. C'est un des vases qui rappellent par l'harmonie de ses lignes la forme grecque. Magnifique pièce unique. Dans le meilleur état (II).

Haut., 14 cent.

156 — Vase globulaire en marbre blanc à large ouverture munie d'un rebord plat. Le vase avait des tubes cylindriques en guise d'anses, et l'un d'eux a été coupé anciennement (II).

Haut., 11 cent.

157 — Vase à forme de canope en marbre blanc veiné de
bleu, à petite ouverture bordée d'un large col (II).

Haut., 155 millim.

158 — Beau vase cylindrique, en marbre blanc tacheté de
bleu. La ligne légèrement cambrée est de belle venue.
Pièce unique, de parfaite conservation (II).

Haut., 14 cent.

159 — Joli vase cylindrique en marbre blanc tacheté de
bleu, d'une ligne très gracieuse (II).

Haut., 12 cent.

160 — Vase en beau marbre blanc veiné de bleu, de forme
presque globulaire. Très belle pièce, unique en son
genre. La panse est large, le col à petite ouverture est
muni d'un large rebord. La ligne de ce vase est d'une
grande beauté (II).

Haut., 13 cent.

161 — Écuelle en onyx veiné mi-transparent. Les bords
sont terminés par un bourrelet arrondi (II).

Haut., 85 millim. ; diam., 185 millim.

162 — Grande assiette, en très bel onyx veiné et rubané.
Cette pièce est aussi de la matière la plus riche : à
l'une des extrémités, une large veine court irrégulièrement d'un bord à l'autre ; à l'extrémité opposée, un
ruban mince semble l'effet d'une cassure et du recollage
de la pièce. Un peu à gauche de ce ruban est une pièce
qu'on croirait rapportée et qui est un jeu de la matière.
Magnifique pièce de la plus belle conservation (III).

Haut., 7 cent. ; diam., 28 cent.

163 — Assiette en matière dure, le fond intérieur est orné
d'un cercle gravé. Pièce très belle (II).

Haut., 65 millim. ; diam., 28 cent.

164 — Écuelle en émeraude tachetée de cristaux blancs et
de taches rouges, variété dénommée héliotrope. Cette
écuelle a les bords renversés vers l'intérieur de la coupe.
Belle pièce unique (II).

Haut., 102 millim.; diam., 19 cent.

165 — Un grand vase en porphyre en forme de marmite
avec large rebord et deux oreillettes tubulaires sur les
côtés. C'est le plus grand vase connu de cette forme (II).

Haut., 20 cent.

166 — Coupe en onyx rubané. Les bords sont terminés par
un col vertical placé en retrait de la panse. Forme très
rare (II).

Haut., 52 millim.

167 — Grande écuelle en onyx transparent orné de très
belles veines ondulées. Belle pièce (II).

Haut., 10 cent.; diam., 25 cent.

168 — Vase ovoïde en porphyre avec de gros et larges cristaux blancs. La base est ornée d'un cercle de rayures
faites au ciseau, et le col repose sur une gorge d'une
jolie ligne. Très belle pièce (II).

Haut., 15 cent.

169 — Très belle assiette creuse en onyx ornée de larges
rubans concentriques de couleurs variées, allant du
centre bords aux de la coupe (II).

Diam., 24 cent.

170 — Écuelle en brèche avec de belles cristallisations
blanches et verdâtres. Belle pièce en bon état (II).

Haut., 105 millim.; diam., 23 cent.

171 — Assiette creuse en brèche avec des cristallisations
vertes et blanches. Belle pièce en bon état (II).

Haut., 63 millim.: diam., 23 cent.

172 — Écuelle en cristal de roche. Pièce importante par une inscription des plus anciennes, qui est gravée sur la paroi extérieure (II).

Haut., 85 millim.; diam., 16 cent.

173 — Bol en jolie matière dure analogue à la prime d'émeraude et l'héliotrope, mais il n'y a qu'une tache rouge. Belle pièce en très bon état (II).

Haut., 11 cent.

174 — Très belle assiette en onyx ornée de veines peu prononcées, et de tonalité charmante. Pièce magnifique et d'une très bonne conservation (II).

Haut., 6 cent.; diam., 19 cent.

175 — Vase en forme de gobelet évasé, en bel onyx transparent et rubané. Très bon état de conservation (II).

Haut., 124 millim.

176 — Grande écuelle en onyx veineux, avec de très belles veines transparentes parfois, mélangées à d'autres veines de matière calcaire très friable. Belle pièce (II).

Haut., 103 millim.; diam., 265 millim.

177 — Grande écuelle en feldspath avec cristaux d'amphibole. Très belle pièce (II).

Haut., 64 millim.; diam., 25 cent.

178 — Vase en forme de gobelet en bel onyx transparent et rubané (II).

Haut., 107 millim.

179 — Grande écuelle en feldspath avec cristaux d'amphibole, matière qui s'est rencontrée pour la première fois dans les fouilles d'Abydos. Belle pièce (II).

Haut., 8 cent.; diam., 25 cent.

180 — Coupe creuse, à bords évasés, en matière analogue à du feldspath avec cristaux d'amphibole. Belle pièce (II).

Haut., 45 millim.; diam., 155 millim.

181 — Coupe de même forme et de même matière que la précédente, avec fond très creux où l'on voit encore les marques circulaires de l'instrument qui l'a évidée. Très belle pièce en parfait état (II).

Haut., 6 cent.; grand diam., 165 millim.

182 — Grande assiette en très bel onyx rubané. Les rubans sont de diverses couleurs, tantôt très larges, tantôt menus. Très belle pièce d'une conservation admirable (III).

Haut., 48 millim.; diam., 285 millim.

183 — Vase en marbre blanc tacheté de bleu, en forme de gobelet évasé. Bonne conservation d'une très belle pièce (III).

Haut., 11 cent.; diam., 19 cent.

184 — Grosse écuelle à parois très épaisses en onyx à rubans irréguliers (II).

Haut., 9 cent.: diam., 20 cent.

185 — Grande coupe à larges bords évasés. Le fond intérieur est décoré d'un cercle gravé. Très belle pièce en marbre blanc veiné et moucheté de couleurs bleue et noire (II).

Haut., 10 cent.; diam., 24 cent.

186 — Grand mortier massif en granit gris, au nom de Den, qu'il porte inscrit sur un des côtés. Malheureusement l'autre côté a été brisé; des morceaux ont été retrouvés et, parmi eux, celui qui porte l'inscription correspondant à la première. Pièce unique (I).

Haut., 35 cent.

187 — Grande assiette en très bel onyx à larges veines rouges. Pièce magnifique, de la matière la plus riche (III).

Haut., 7 cent.; diam., 28 cent.

188 — Grande assiette, en onyx transparent avec une large
veine de marbre rouge entourant le fond par un dessin
irrégulier. Matière la plus riche et précieuse; conservation parfaite (III).

Haut., 7 cent.; diam., 28 cent.

189 — Une grande écuelle creuse en schiste ardoisier (II).

Haut., 115 millim.; diam., 28 cent.

190 — Coupe à bords très évasés en pierre dure, forme
rare. Parfait état de conservation (II).

Haut., 9 cent.; diam., 135 millim.

191 — Vase cylindrique en onyx veiné, avec col, mais sans
cordelette (I).

Haut. 36 cent.

192 — Bol en granit gris blanc massif. Belle pièce (II).

Haut., 78 millim.; diam. 12 cent.

193 — Grande et très profonde écuelle, en granit à nombreux cristaux blancs. Belle pièce (II).

Haut., 13 cent.; diam., 25 cent.

194 — Vase globulaire en marbre blanc veiné; une rondelle
d'une matière différente est placée sur l'orifice (II).

Haut., 12 cent.; diam. du vase à l'ouverture, 23 cent.;
diam. de la rondelle, 65 millim.

195 — Assiette creuse en onyx rubané : les rubans coupent
l'assiette tranversalement. Admirable pièce en bon état
(II).

Haut., 6 cent.; diam., 25 cent.

196 — Petite écuelle, fond très creux fait avec un instrument tournant dont on voit encore les traces, en
beau marbre blanc mélangé de bleu (II).

Haut., 85 millim.; diam., 14 cent.

197 — Assiette en onyx à deux tons; mi-transparent aux
bords; en onyx opaque pour le fond; les dispositions
particulières des veines semblent être un décor artifi-
ciel exécuté par la peinture. Belle pièce (II).

> Haut., 65 millim.; diam., 242 millim.

198 — Assiette creuse avec rebord, en très bel onyx rubané
et transparent. Les rubans descendent presque perpendiculairement d'un bord à l'autre. Pièce magnifique en
très bon état (II).

> Haut., 72 millim.; diam., 257 millim.

199 — Petite écuelle en onyx entièrement mélangé de
veines de diverses couleurs Pièce merveilleuse et en
bon état de conservation (II).

> Haut., 7 cent.; diam., 15 cent.

200 — Petite assiette à large rebord et à fond intérieur
gravé, en beau feldspath transparent mélangé de cristaux d'amphibole. Très jolie pièce d'une finesse et d'une
délicatesse admirables (II).

> Haut., 5 cent; diam., 15 cent.

201 — Petit vase en basalte, de forme très élégante et très
fine, avec un large col débordant et une ouverture
très petite. Très jolie pièce (II).

> Haut., 7 cent.; diam. de l'ouverture, 11 millim.

202 — Assiette creuse, en onyx à veines rouges et incrustations en calcaire (II).

> Haut., 64 millim.; diam., 24 cent.

203 — Écuelle profonde en granit rose mélangé de cristaux
hétérogènes (II).

> Haut., 11 cent.; diam., 23 cent.

204 — Écuelle grande et forte, en très beau feldspath contenant des cristaux d'amphibole. Magnifique pièce de la plus grande rareté (II).

Haut., 125 millim.; diam. à l'ouverture, 20 cent.

205 — Écuelle en onyx rubané et transparent. Jolie pièce (II).

Haut., 75 millim.; diam., 21 cent.

206 — Bol en feldspath sans cristaux. Très belle pièce en bon état (II).

Haut., 92 millim.

207 — Vase en forme de gobelet évasé, en bel onyx rubané et transparent (II).

Haut., 118 millim.

208 — Écuelle en calcaire bleuâtre avec cristallisations blanchâtres. Très belle pièce et d'une belle conservation, sauf un éclat (II).

Haut., 53 millim.; diam., 18

209 — Vase en forme de gobelet, en bel onyx rubané. Belle pièce en bon état (II).

Haut., 14 cent.

210 — Écuelle ordinaire, en onyx d'Algérie quelque peu veiné (II).

Haut., 95 millim.; diam., 20 cent.

211 — Six petits vases cylindriques en onyx rubané (III).

212 — Très grande et superbe jarre intacte en onyx blanc avec veines transparentes. Pièce unique d'un travail parfait et de la forme la plus élégante (II).

Haut., 98 cent.

213 — Très grande jarre en onyx, brisée dans sa partie supérieure et qui peut montrer comment les Égyptiens s'y sont pris pour la façonner. Une inscription encore visible sur la partie supérieure contient un signe qui n'a pas encore été lu (II).

Haut., 86 cent.

2r4 — Très beau vase de forme cratère en superbe matière
blanche et rubanée. L'orifice très large est muni d'une
moulure formant quart de rond; sur l'épaulement, un
goulot, pris dans la masse, est disposé en saillie (II).

Haut., 11 cent.; diam., 20 cent.

2r5 — Très grand vase cylindrique en bel onyx blanc transparent, rubané irrégulièrement. La forme légèrement
cambrée est des plus séduisantes. Le bord supérieur est
muni d'un large bourrelet et orné d'une fine cordelette
placée en dessous. Pièce magnifique de dimensions
exceptionnelles, et d'une conservation parfaite (II).

Haut., 538 millim.; diam., 24 cent.

216 — Grand vase cylindrique en onyx rubané, orné d'un
large rebord plat et d'une cordelette placée au-dessous
du col. Les rubans s'étagent presque concentriquement
dans le sens de la hauteur. Belle pièce et d'une bonne
conservation (II).

Haut., 378 millim.; diam. de l'ouverture, 18 cent.

217. — Vase globulaire en brèche avec de larges cristaux
blancs, muni de deux oreilles tubulaires. De plus, sur
ce vase, est une rondelle de même matière s'appliquant
sur l'ouverture et la rétrécissant. Pièce unique, magnifique de forme et de matière et d'une conservation
parfaite (II).

Haut., 13 cent.; diam. à l'ouverture, 14 cent.;
diam. de la rondelle, 9 cent.

218 — Vase globulaire de forme surbaissée en porphyre, à
col fixe, n'ayant qu'une oreille; l'autre oreille avait été
faite, mais elle s'est brisée pendant le travail et l'on
n'en voit plus que la place et le forage. Pièce intéres-
sante (II).

Haut., 131 millim.; largeur du col, 5 cent.; diam.
à l'ouverture, 52 millim.

219 — Grosse urne ovoïde en onyx rubané. Le col est bas
et formé d'un cercle aplati. Très belle pièce en parfait
état de conservation (II).

Haut., 265 millim.

220 — Urne analogue, mais de forme un peu plus élancée.
Très belle pièce (II).

Haut., 30 cent.

221 — Fragments de la partie supérieure d'un beau vase
ouvragé en schiste ardoisier. Ces fragments ont été
trouvés en des jours et des endroits divers, puis réunis.
Le vase devait avoir la forme globulaire avec une large
ouverture ; cette ouverture était séparée de la panse par
un col droit, autour duquel couraient deux liens de
corde relativement épaisse, traversés de petites stries
et réunis à leur extrémité par un nœud gracieux et
finement représenté. Sur l'un des fragments de la panse
est une inscription composée de neuf signes dont deux
n'ont pu être lus, quoique l'inscription soit d'aspect
historique. Pièce unique.

Diam., 185 millim.

222 — Jolie écuelle en marbre blanc veiné de rose. Pièce
unique et d'un travail très délicat. Elle acquiert encore
plus d'importance du fait qu'à l'intérieur est une inscription hiératique qui a été gravée ensuite à l'extérieur
et qui donne le nom de l'oblateur : « *Le ciseleur de
tous les vases : Hepet-Hepen* (III).

Haut., 86 millim. ; diam., 15 cent.

223 — Belle assiette creuse en onyx transparent et rubané
d'un côté (II).

Haut., 10 cent. ; diam. 258 millim.

224 — Vase de forme surbaissée ; l'ouverture circulaire est
bordée par un col bas formant quart de rond et séparé
de la panse par une gorge profonde. Marbre blanc veiné
de couleurs (II).

Haut., 65 millim.

225 — Vase cylindrique en onyx rubané, avec rebord et
cordelette. Ce vase porte une inscription de deux signes
hiéroglyphiques gravés à la pointe. Belle pièc⌐ (I).

Haut., 375 millim.

226 — Assiette en marbre rose tacheté et veiné avec des
cristaux de quartz transparent. Belle pièce d'une grande
rareté, d'un travail très soigné et d'une parfaite conservation (III).

Haut., 62 millim. ; diam., 21 cent.

227 — Petite écuelle en feldspath mélangé de cristaux divers. Le fond est orné d'un cercle gravé, les bords sont
renversés vers l'intérieur de la coupe. Belle pièce (II).

Haut., 6 cent. ; diam., 135 millim.

228 — Grande assiette, en très bel onyx, se rapprochant de
l'albâtre. Les teintes qu'on remarque dans la matière,
sont restées sans avoir pu devenir des veines ou des rubans de couleur. Très belle pièce de conservation parfaite (III).

Haut., 66 millim. ; diam., 31 cent.

229 — Vase globulaire, en très beau porphyre, mélangé de
cristaux blanchâtres irrégulièrement disposés, à oreillettes tubulaires sur les côtés et large col rabattu sur la
panse. Magnifique pièce dans le meilleur état de conservation (III).

Haut , 121 millim. ; diam. de l'ouverture, 8 cent.

230 — Vase ovoïde. La panse est large et le col s'y attache
immédiatement avec une toute petite rainure en retrait.
La matière est un joli porphyre noir, mélangé de cristaux de marbre blanc dont quelques-uns sont très
larges et très beaux (II).

Haut., 145 millim. ; diam. de l'ouverture, 83 millim.

231 — Grande et profonde écuelle massive en granit rose,
avec rebord taillé à arêtes. Belle pièce en très bon état
(II).

Haut., 13 cent. ; diam., 19 cent.

232 — Grande assiette, en une matière dure et luisante.
Belle pièce (II).

Haut., 8 cent. ; diam., 30 cent.

233 — Assiette creuse, en cristal de roche, avec une large
veine irrégulière d'améthyste. Pièce précieuse et unique
(II).

Haut., 7 cent. ; diam., 19 cent.

234 — Vase de forme ovoïde en beau porphyre noir avec
cristaux irréguliers de marbre blanc. Le col se rabat sur
la panse et y est attaché sans intervalle. Belle pièce (II).

Haut., 14 cent. ; diam. à l'ouverture, 46 millim.

235 — Écuelle en schiste ardoisier, de jolie couleur tirant
sur le vert (II).

Haut., 5 cent. ; diam., 22 cent.

236 — Petite coupe en albâtre, simulant une feuille de
forme très effilée. Belle pièce (I *a*).

Long., 105 millim.

237 — Jolie coupe en albâtre rubané, d'un blane laiteux,
affectant la forme d'un poisson (I *a*).

Long., 185 millim.

238 — Petit vase en calcaire, avec couvercle. Il contient
encore de l'antimoine. Ce vase a reçu un vernis noir.
Il est à large rebord qui rayonne autour d'une étroite
ouverture. Sous le col deux bandes d'ornements faits
de lignes courbes qui descendent et remontent alternativement et forment des enroulements. Le couvercle
est orné de quatre ailes, disposées en croix autour d'une
circonférence et séparées entre elles par une ligne courbe
qui se termine en volute. Jolie pièce (I *a*).

Haut., 45 millim.

239 — Petite assiette en granit gris (II).

Haut., 45 millim.; diam., 13 cent.

240 — Vase globulaire en marbre tirant sur le vert avec cristaux blancs. Le vase avait une rondelle qui n'a pu être retrouvée. Belle pièce (II).

Haut., 11 cent.; diam. à l'ouverture, 83 millim.

241 — Écuelle en pierre dure analogue à la prime d'émeraude. Pièce unique (II).

Haut., 85 millim.; diam , 17 cent.

242 — Écuelle en bel onyx rubané. La disposition des rubans est un charme pour la vue. Très belle pièce (II).

Haut . 74 millim.; diam , 178 millim.

243 — Assiette creuse en bel onyx, à triple veine concentrique. Magnifique pièce (II).

Haut., 72 millim.; diam., 278 millim.

244 — Très belle écuelle en onyx transparent avec des cristaux de marbre formant des veines. Très belle pièce (II).

Haut., 65 millim.; diam., 18 cent.

245 — Grande assiette creuse en bel onyx veiné et translucide. Les veines forment un triangle à lignes courbes qui serait inscrit dans le cercle de l'assiette. Magnifique pièce (II).

Haut., 75 millim. ; diam., 30 cent.

246 — Assiette creuse en onyx transparent avec des cristallisations opaques de matière calcaire. Magnifique pièce bien conservée (II).

Haut., 75 millim.; diam., 27 cent.

247 — Grande assiette creuse en très bel onyx rubané et translucide. Les rubans disposés pour le plaisir des yeux coupent l'assiette d'une extrémité à l'autre en formant des ondulations superbes. Belle pièce (II).

Haut., 6 cent.; diam., 29 cent.

248 — Assiette creuse en très belle matière translucide, avec de larges veines concentriques alternativement translucides et opaques (II).

Haut., 52 millim.; diam., 22 cent.

249 — Assiette creuse en feldspath mélangé de cristaux d'amphibole. Pièce massive où le feldspath est plus dense, mais encore très belle (II).

Haut., 65 millim. ; diam., 21 cent.

250 — Bol en feldspath. Très jolie pièce (II).

Haut., 110 millim.

251 — Bol en feldspath avec quelques cristaux d'amphibole. Bon état de conservation (II).

Haut., 10 cent.

252 — Écuelle de même matière que la précédente, mais avec d'autres cristaux. Belle pièce bien conservée (II).

Haut., 57 millim. ; diam., 218 millim.

253 — Écuelle en feldspath. Belle pièce en bon état (II).

Haut., 6 cent. ; diam., 19 cent.

254 — Petite écuelle en onyx veineux et transparent, avec des concrétions calcaires qui se sont effritées. Bon état de conservation (II).

Haut., 65 millim. ; diam., 19 cent.

255 — Grande écuelle en onyx blanchâtre presque transparent. Bonne conservation (II).

Haut., 89 millim. ; diam., 245 cent.

256 — Coupe en schiste ardoisier, en forme de quatre-feuilles irrégulier. — Pièce exceptionnelle, malheureusement réparée, mais les fragments retrouvés ont permis de la reconstituer suivant sa forme primitive qui est tout à fait inédite (III).

Long., 375 millim.

257 — Coupe analogue et de même matière (restaurée)
(III).

> Long., 29 cent. ; larg., 16 cent.

258 — Bol en schiste ardoisier d'un grain très fin. Pièce
de conservation parfaite (III).

> Haut., 108 millim. ; diam. de l'ouverture, 97 millim.

259 — Assiette creuse en pierre schisteuse ardoisière.
Conservation parfaite (II).

> Haut., 53 millim. ; diam., 32 cent.

260 — Assiette creuse en pierre schisteuse ardoisière.
Pièce d'une conservation parfaite (III).

> Haut., 5 cent. ; diam., 19 cent.

261 — Fragment d'une grande coupe plate en schiste ardoisier, gravée avec scène représentant le roi Ad-ab (ou
Azou-abou, ou Adarep) debout, tenant un sceptre à la
main gauche et une massue de la main droite, avec son
nom de *double* en avant et suivi de deux signes hiéroglyphiques. Derrière le roi le signe. Pièce
unique et de la plus grande importance (II).

262 — Fragment d'une assiette en feldspath avec le nom du
roi Merbapen de la Iʳᵉ dynastie (I).

263 — Fragment de vase en schiste ardoisier avec un nom
de double royal, celui qu'on a lu d'abord Ad-ab, ou
Azou-abou, et qu'il y a maintenant tendance à lire plus
correctement Ad-arep (I).

264 — Fragment de vase en albâtre, avec le nom de *double*
d'un roi qu'on a lu Narmer, ou d'autre manière, sans
qu'on ait établi encore une identification définitive (I).

265 — Fragments de grandes jarres en terre contenant des
noms royaux.

266 — Fragments de grandes jarres contenant des inscriptions indicatives des offrandes faites aux rois.

267 — Un fragment de schiste ardoisier avec le nom d'un roi que l'on n'a pu encore identifier, ⟨hiéroglyphes⟩, suivi de deux autres signes dont le premier est fragmentaire, et le second ⟨hiéroglyphe⟩ (I).

268 — Fragment de vase en schiste ardoisier avec le signe ⟨hiéroglyphe⟩ dans sa forme primitive (I).

269 — Fragment de vase en schiste ardoisier avec le signe hiéroglyphique répondant au signe ⟨hiéroglyphe⟩ des temps postérieurs (I).

270 — Fragment de schiste ardoisier avec trois signes hiéroglyphiques, dont les deux premiers sont ⟨hiéroglyphe⟩ et le troisième peut-être ⟨hiéroglyphe⟩ (I).

271 — Fragment de vase en schiste ardoisier avec deux hiéroglyphes indiquant l'offrande faite ; le premier de ces signes est inconnu, le second est le ⟨hiéroglyphe⟩ (I).

272 — Un fragment d'assiette en schiste ardoisier avec une inscription en une seule ligne verticale : ⟨hiéroglyphes⟩ (II).

273 — Un fragment de schiste ardoisier avec l'inscription suivante : ⟨hiéroglyphes⟩ (II).

274 — Un petit fragment d'assiette en marbre avec l'inscription suivante enfermée dans un rectangle : ⟨hiéroglyphes⟩ qui est fruste (III).

275 — Fragment d'assiette en matière indéterminée et très
dure, portant deux noms de rois. Le premier est le [hiéroglyphe], et le second [hiéroglyphe]. Le premier a été
identifié avec Ousaphaïs, le second avec Semenptah ou
Sémenpsès, V⁰ et VII⁰ rois de la première dynastie (I).

276 — Fragment de cristal de roche avec un nom de roi
suivis du nom de la tombe et d'une troisième ligne
verticale comprenant trois signes. Le nom du roi est le
même que celui du second des rois dont les noms sont
gravés sur l'épaule de la statue qui avait le numéro 1
au Musée de Gizeh. Il reste à lire (II).

277 — Un fragment de vase en onyx transparent orné d'une
inscription hiératique en deux lignes (II).

278 — Un fragment de vase en onyx transparent avec une
inscription hiératique (II).

279 — Seize fragments de vases en schiste ardoisier et de
vases ouvragés avec des inscriptions de signes hiérati-
ques inconnus tracés à l'encre (III).

280 — Fragment d'une assiette en schiste ardoisier contenant des dessins coptes faits au charbon au moment du
pillage des tombes. Ces dessins sont l'un à l'intérieur
de l'assiette et l'autre à l'extérieur. Il est difficile de
reconnaître ce que l'on a voulu représenter (I).

281 — Fragment de vase en schiste ardoisier avec dessin
copte au charbon, représentant une face humaine (II).

282 — Fragment de vase en schiste ardoisier, de forme très
particulière et unique jusqu'à ce jour. A droite, le vase
avait la forme d'une assiette ordinaire et allait en mon-
tant jusqu'à un tore strié. A gauche, la paroi s'élevait

presque perpendiculairement, et, sur le haut, elle était
de distance en distance, ornée de deux demi-cercles
séparés par une rainure. Le haut de cette paroi de gauche, et toute la partie droite à partir du tore étaient et
sont encore couverts d'une feuille d'or qui a pris le modelé du vase. Pièce unique (I).

283 — Fragment de vase en schiste ardoisier, ouvragé à
l'intérieur comme à l'extérieur, et de façon aussi soignée. Le fragment représente une main fine, élégante,
à doigts allongés dont toutes les particularités anatomiques sont rendues avec une grande vérité. Pièce
unique et de la plus grande importance (I).

284 — Fragment en schiste ardoisier représentant une main,
mais bien moins soignée que la précédente (I).

285 — Fragment de vase de forme très curieuse ouvragé à
l'intérieur et à l'extérieur. L'extérieur décèle un art
maître de tous ses moyens; il représente une tête de
canard d'une vérité frappante. Pièce unique et de la
plus grande importance pour l'histoire de l'art (I).

286 — Fragment très fin en schiste ardoisier représentant
un personnage dont on ne voit que l'oreille et le bras
qui tient un sceptre ⎰. Toute la tête semble avoir
disparu sous une perruque fort épaisse ou sous des ornements qui la recouvraient. Pièce unique et de très
grande importance pour l'histoire de la décoration (I).

287 — Un fort lot de fragments de vases ouvragés en toutes
matières, indispensable à qui veut connaître l'histoire
du décor céramique et de l'industrie humaine (I).

288 — Fort lot de fragments de vases ouvragés, en pierre
tendre et dure, indispensables pour juger du progrès
de l'industrie humaine (I).

(Ce lot sera divisé.)

VII

Sculptures diverses

STATUETTES FUNÉRAIRES

STÈLES. — TABLES. — OBJETS DIVERS.

289 — Très belle statuette funéraire en pierre calcaire, au nom du scribe royal, ciseleur royal, *Neb nofer*. La tête est finement sculptée et ornée d'une coiffure bleue. Les colliers sont bicolores ; les houes et le pectoral sont peints en rouge. Hiéroglyphes très biens gravés et rehaussés de bleu. VI⁰ chapitre du *Livre des Morts* (I *b*).

> Haut., 25 cent.

290 — Statuette en albâtre d'une nourrice royale nommée *Iaf-bâti*. Pièce très fine et très belle, ayant la forme ordinaire des statuettes funéraires, avec des hiéroglyphes encore rehaussés de couleur bleue. VI⁰ chapitre du *Livre des Morts*. XVIII⁰ dynastie environ (I *b*).

> Haut., 20 cent.

291 — Statuette funéraire en calcaire, au nom d'un officier du Pharaon qui était en même temps premier prophète d'Amon, à Samhoud (Thébaïde) et dont le nom était *Taouima*. Elle est traitée dans le style des précédentes, mais les couleurs ont disparu (I *b*).

> Haut., 24 cent.

292 — Jolie statuette en pierre calcaire au nom d'un certain *Anhour*. La tête finement sculptée est coiffée d'une per-

ruque tressée peinte en noir et retombant devant les épaules; les mains sont croisées sur la poitrine et tiennent les insignes habituels qui sont peints. Le corps est revêtu d'une longue robe plissée très heureusement drapée, et formant un large tablier proéminent sur lequel est gravé le texte qui se rapporte au chapitre VI du *Livre des Morts*. XIXe ou XXe dynastie (I *b*).

Haut., 20 cent.

293 — Statuette très fine en albâtre, au nom de *Neb-Nakhtou* (?), ayant la forme ordinaire des statuettes funéraires. Les hiéroglyphes avaient été rehaussés de couleur bleue. XIXe dynastie environ (I *b*).

Haut., 19 cent.

294 — Petite statuette en calcaire au nom d'un certain *Thotmès*. La perruque était bleue ainsi que les colliers; la figure et les mains rouges VIe chapitre du *Livre des Morts*, XVIIIe dynastie environ (I *b*).

Haut., 18 cent.

295 — Statuette en calcaire au nom d'un certain *Ouon-nofer*. Elle n'avait reçu aucune couleur. VIe chapitre du *Livre des Morts* (I *b*).

Haut., 25 cent.

296 — Statuette en calcaire au nom d'un certain *Amonem-apet*. VIe chapitre du *Livre des Morts* (I *a*).

Haut., 19 cent.

297 — Statuette en pierre calcaire au nom de *Neb nofer*. La figure a été abîmée par le sable, le reste est en parfait état. La chevelure est tressée et les colliers ornant la poitrine ont été particulièrement soignés. Le texte reproduit le VIe chapitre du *Livre des Morts*. XVIIIe dynastie environ (I *b*).

Haut., 25 cent.

298 — Statuette en pierre calcaire d'un prince de l'Oasis du Sud, nommé *Anhour*. XXII⁰ dynastie environ (I *a*).

Haut., 29 cent.

299 — Statuette en terre rouge, recouverte de natron même sur la figure, avec inscription hiéroglyphique en blanc sur fond noir. Le défunt était scribe de toutes les offrandes d'Osiris et chef de la maison — c'est-à-dire du tombeau ou du temple — d'Osiris. Il se nommait *Mesmîn* (I *a*).

Haut., 30 cent.

300 — Statuette funéraire en granit gris au nom d'un premier prophète d'Osiris nommé *Iouiou*. VI⁰ chapitre du *Livre des Morts*. Les hiéroglyphes étaient rehaussés de bleu et sont gravés très profondément. Pièce très rare et très belle. XVIII⁰ dynastie (I *b*).

Haut., 40 cent.

301 — Quatre statuettes en pierre calcaire au nom d'un prince de l'Oasis du Sud, *Nebmeh*. VI⁰ chapitre du *Livre des Morts*. Ce lot pourra être divisé (I *a*).

Haut. : 1⁰ 25 cent.; 2⁰ 35 cent.; 3⁰ 21 cent.; 4⁰ 22 cent.

302 — Jolie tête en pierre calcaire provenant d'une statuette d'un prêtre d'Anhour, nommé *Mesmîn*, XIX⁰ dynastie. Le visage très finement sculpté est peint en rouge, les yeux très grands sont peints en noir ainsi que les sourcils et la pupille qui était réservée sur un fond blanc (I *a*).

Haut , 5 cent.

303 — Grande et magnifique stèle en calcaire, arrondie par le sommet et connue sous le nom de stèle du roi Serpent. Chef-d'œuvre de la sculpture antique et préhistorique. L'épervier à lui seul est une merveille Le serpent est rendu par des moyens aussi simples que primitifs. Le château dont on voit les portes devait

avoir une allure princière pour ce temps-là. La stèle
était en trois morceaux : le premier comprend le haut
jusqu'aux portes du château ; le second le château et
ses portes, plus une partie vide ; le troisième, resté en
Égypte, était vide ; la hauteur avait été calculée de
manière à rendre les personnages plus frappants. Pièce
unique (I).

Haut. actuelle 1 m. 45 cent. ; avec le 3ᵉ morceau ·
2 m. 33 cent.

304 — Grand épervier en pierre calcaire, sculpté avec la
plus grande habileté, sur socle rectangulaire orné
d'inscriptions hiéroglyphiques. La fierté de l'oiseau a
été superbement rendue, malgré l'absence de la tête qui
n'a pas été trouvée, mais que l'on pourra restaurer.
La coiffure composée du pschent, était à côté. L'oiseau
avait la poitrine, le cou et sans doute toute la tête,
recouverts d'une feuille d'or appliquée sur une couleur
bleue. Ce chef-d'œuvre de la sculpture égyptienne,
fait sous le règne d'Aménophis II, présenté par le
grand prêtre Iouïou, fut usurpé par Meneptah Iᵉʳ, le
fils de Ramsès II, qui l'avait trouvé de son goût. Pièce
unique et exceptionnelle (I *b*).

Haut. actuelle . 63 cent.

305 — Jolie stèle en calcaire peint, malheureusement
effritée et brisée à gauche. Elle était carrée et les
offrandes y étaient très finement sculptées. A droite
on voit le défunt *Nesmin* assis sur un fauteuil à pieds
sculptés, devant une table chargée d'offrandes de toutes
sortes, et entre les pieds du siège est une large amphore ; sa femme qui se nommait *La Syrienne, Takha-
ret*, est citée dans les lignes verticales d'inscription.
Au bas du canal de la table d'offrandes sont deux âmes,
à figure humaine, sur un corps d'oiseau, avec des bras,
très finement sculptées, recevant avec avidité dans

leurs mains l'eau qui tombe en gros filets du canal de
la table d'offrande, et la portant à leur bouche (I *b*).

Haut., 86 millim.

306 — Petite plaque en pierre calcaire, ornée d'une lettre
du *scribe des livres*. Inscription en écriture hiératique
de la bonne époque, peinte à l'encre noire et très bien
conservée, disposée en cinq lignes horizontales. En
bas une ligne écrite à l'encre rouge. En haut, au centre
de la plaque, un trou de suspension (I *a*).

Haut., 19 cent.; larg., 21 cent.

307 — Stèle en calcaire, arrondie par le sommet et pré-
sentée par un homme dont il ne reste plus que les
pieds et les bras. Elle contient un hymne. En haut de
l'hymne, qui comprend 11 colonnes verticales d'hiéroglyphes, est un registre renfermant une scène où l'on
voit une barque dans laquelle Horus est assis, ayant
la déesse coiffée de la plume en face de lui (I *a*).

Haut., 35 cent.

308 — Très grande stèle en calcaire, légèrement arrondie
par le sommet. C'est une stèle royale, car le nom de
l'individu ⸢𓏤𓃒𓈖⸣ est précédé du titre de *Hor*. Pièce unique (I).

Haut., 78 cent.

309 — Stèle peinte, arrondie par le sommet et entourée
d'une ligne rouge. Au sommet le disque ailé sous
lequel sont les deux *Oudjas* tracés à l'encre; puis deux
lignes horizontales d'hiéroglyphes noirs sur fond jaune
donnent les noms des personnages. En dessous deux
hommes sont en adoration devant Horkhouti placé en
arrière d'une table d'offrande qui occupe le milieu,
entre le dieu et les deux dévots. Pierre calcaire (I *a*).

Haut., 395 millim.

310 — Stèle en calcaire, arrondie par le sommet et gravée. Le défunt, dont le nom est peu lisible, vêtu du grand jupon de cérémonie est en adoration devant le dieu Amon, coiffé de la double plume, barbu, vêtu de la peau d'animal avec queue pendante, tenant le bâton de la main gauche et le ⸸ de la main droite. Derrière est *Horsiisit, Horus fils d'Isis*, vengeur de son père, à tête d'épervier, coiffé des deux couronnes, vêtu comme Amon et portant les mêmes insignes. La stèle a reçu un commencement de date (I *a*).

Haut.,

311 — Stèle en calcaire, arrondie par le sommet, à trois compartiments. En haut le disque ailé, en dessous duquel est le vase entre les deux *oudjas*. Puis un prêtre en adoration devant Osiris, qui est placé derrière une table chargée d'offrandes. Au second registre, un prêtre présente l'eau à un couple, le mari et la femme, assis et respirant le parfum de fleurs et aussi le fumet ou l'odeur des offrandes. Sous leurs chaises, on voit un enfant blotti et tenant une fleur de lotus. Au troisième registre sont quatre femmes, ayant devant elles une table également chargée d'offrandes. Trouvée dans une tombe de la XXIIᵉ dynastie environ. Inscriptions hiéroglyphiques disposées en lignes verticales (I *a*).

Haut , 42 cent.

312 — Lot de 30 stèles remontant à la plus haute antiquité, gravées à la pointe ou sculptées en bas-relief. Ce sont des monuments d'une très grande rareté et d'une importance capitale. Il y a des stèles d'hommes, de nains, de femmes et de chiens (I).

(Ce lot sera divisé.)

313 — Table d'offrandes en pierre calcaire, de forme rectangulaire, munie sur l'un des côtés d'une saillie creusée en gouttière pour l'échappement de l'eau. — Au bas de la table quatre godets pour les huiles canoniques; le champ est orné de vases à libations, de pains rangés autour du paillasson en roseau. — Inscriptions hiéroglyphiques sur trois côtés (I *a*).

Long., 66 cent.; larg., 49 cent.

314 — Table d'offrandes à deux compartiments. Le premier compartiment contient deux auges entre deux vases à libation. Entre les deux vases sont huit pains. Le second compartiment est rempli par une auge profonde de $0^m,052$ (I *a*).

Haut., 125 millim.; larg., 43 cent.

315 — Disque en onyx rubané, muni au revers d'un pied évidé destiné à être posé sur un support (II).

Diam., 34 cent.

316 — Table analogue en onyx rubané, munie également d'un pied (II).

Diam., 42 cent.

317 — Table en calcaire ordinaire, avec pied (II).

Diam., 33 cent.

318 — Table d'offrande en forme de disque, en pierre tendre, jaspée blanc et gris (II).

Diam., 44 cent.

319 — Grande table ronde formée d'un disque d'albâtre rubané (II).

Diam., 55 cent.; épais., 1 cent.

320 — Table analogue à la précédente (II).

321 — Table analogue, formée d'un disque en pierre rouge (II).

Diam., 38 cent.

322 — Table de même forme (II).

Diam., 52 cent.

323 — Table de même forme (II).

Diam., 55 cent.

324 — Très belle tête d'épervier en calcaire, servant de couvercle à un vase canope. La tête est peinte en jaune, sauf le bec, les yeux et les plumes, qui sont en noir ; les sourcils sont brunâtres. L'oiseau est coiffé de ce qu'on appelle le *claft*, lequel est orné de bandes alternativement

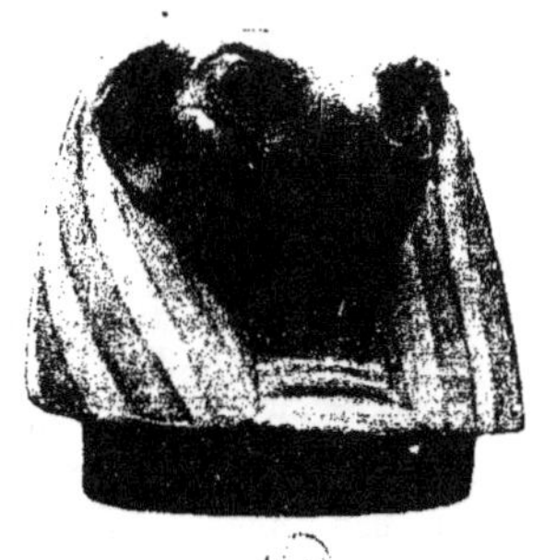

blanches et jaunes, séparées par des raies noires. Sur la poitrine, il y a deux raies blanches, une brune, puis une quatrième qui est encore blanche ; deux raies verticales en vert séparent le cou de la coiffure. Le tout est d'une fantaisie extraordinaire et puissante (II *a*).

325 — Statuette de femme debout, les bras tombant le long du corps, sculptée en très haut relief, et adossée à un pilier. — A gauche, inscriptions hiéroglyphiques rétrogrades disposées en deux colonnes verticales. Partie incomplète d'un monument en granit (I *a*).

Haut., 10 cent.

326 — Partie inférieure d'une jolie tête de femme en pierre
calcaire. Travail très fin (I *a*).

Haut., 8 cent.

327 — Masque de statuette en plâtre peint en rouge sur
lequel une mince feuille d'or a été plaquée. Belle
pièce (I *a*).

Haut., 65 millim.

328 — Groupe en pierre calcaire sculptée, représentant
deux singes accroupis et mordant dans un fruit.
Pièce curieuse (I *a*).

Long., 75 millim.

329 — Sept objets d'ex-voto comprenant : 1° deux masques
en plâtre : 2° deux cornes en cuivre encore remplies de
sable ; 3° un Horus hiéracocéphale en cuivre ; 4° deux
objets en terre dont l'un semble le moulage des entrailles sectionnées pour les injections de la momifica-
cation, et l'autre celui du cerveau. Trouvés dans un
même pot (I *b*).

Haut. masques, 6 cent.; Horus, 105 millim. ; cornes,
105 millim.; moulage, 6 cent. et 2 cent.

330 — Deux couffes ou paniers en plâtre, dont les deux
côtés sont attachés au milieu de la partie supérieure.
Pièces très rares (I *a*).

331 — Petite pierre votive sur laquelle est sculptée la
déesse Isis coiffée de son hiéroglyphe avec l'œuf qui
indique le sexe féminin. Silex (II *b*).

Haut., 8 cent.

332 — Petit cénotaphe en pierre calcaire. Le dessus taillé
à pans est orné d'une ligne verticale d'hiéroglyphes,
au nom de *Si-isit* (fils d'Isis) (I *b*).

Long., 28 cent.; haut , 125 millim.

333 — Objets divers non catalogués.

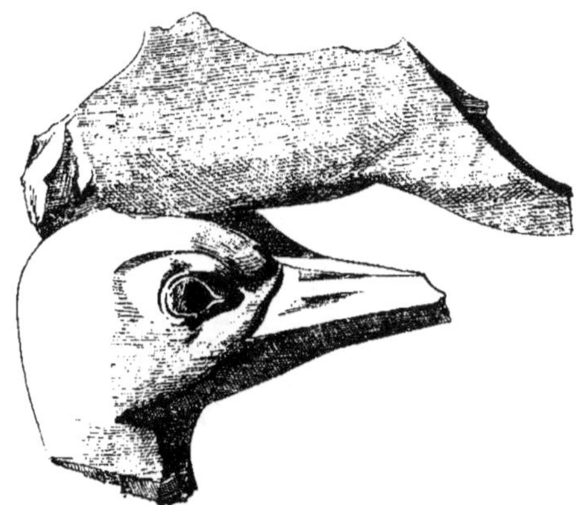

N° 285.

ANGERS. — IMPRIMERIE BURDIN ET CIE.

H. Leman, Expert

160
154
155
158
156
159

174

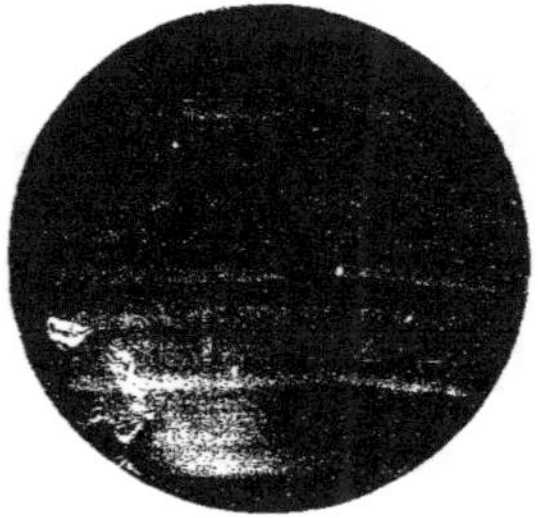

182

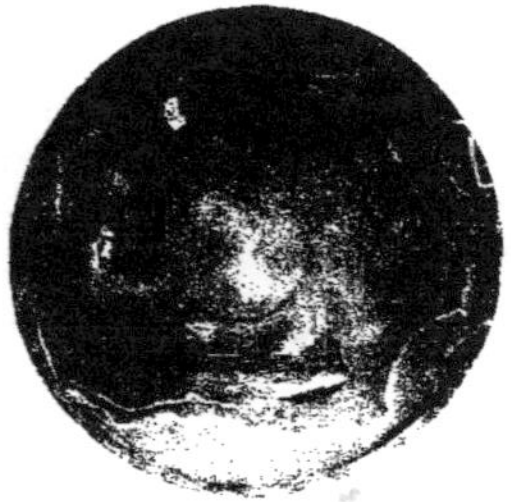

188

165

H. LEMAN, Expert

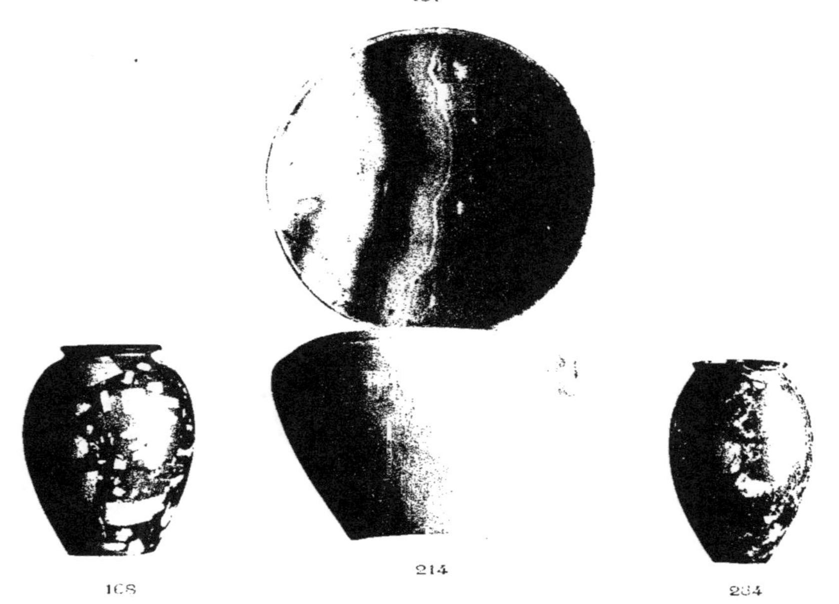

187
108
214
284

215

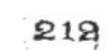

212

216

204
220
229
219

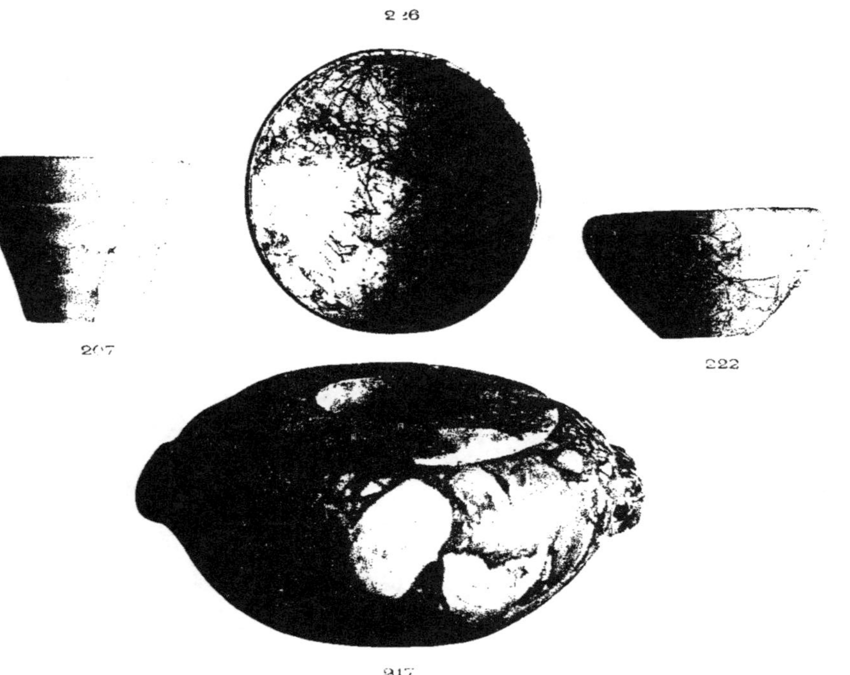

216
207
222
217

ANTIQUITÉS ÉGYPTIENNES

H. Leman, Expert

Imp. Lemercier, Paris.

289   292   83   290   291

308

304

312
312
312